Chante Luna

FichesdeLecture.com

Chante Luna
(Fiche de lecture)

I. L'AUTEUR

Paule du Bouchet est née en 1951. Après avoir enseigné la philosophie, elle devient professeur et pianiste de jazz. En 1998, elle crée le département Gallimard Jeunesse Musique. Sa passion pour la musique ne l'empêche pas d'écrire de nombreux romans et albums pour la jeunesse aux éditions Gallimard (*A la vie à la mort, Le Journal d'Adèle, Au temps des martytrs chrétiens, Dans Paris occupé, Comme un ours en cage ; Billy and Rose, Violette, Coco et le tambour, Coco et les Pompiers, Coco et les bulles de savon, Les Berceuses des grands musiciens...*), ainsi que deux ouvrages Découvertes : *Jean Sébastien Bach* et *Franz Schubert*.

Sources :

1. www.ricochet-jeunesse.org
2. www.gallimard-jeunesse.fr

II. RÉSUMÉ DU ROMAN

Lula, l'héroïne, vit avec ses parents et son petit frère en plein cœur de Varsovie. Lula, que son père a surnommée Luna, a un don : sa voix. Très jeune, elle se plaisait à chanter à la maison pour ses parents ou pour elle-même, et le chant était comme une seconde peau. Elle chantait partout et tout le temps, parfois même sans s'en rendre compte. À l'école, elle dérangeait ses camarades à force de fredonner sans discontinu. La musique, que son père lui faisait découvrir dès que l'occasion s'en présentait, ne la quittait jamais. Elle rêvait musique, elle pensait en musique. Luna était intimement convaincue que la musique lui réserverait, plus tard, un jour, un destin hors du commun.

L'histoire débute à l'aube de la Seconde Guerre mondiale. Luna est juive, mais elle a l'apparence d'une parfaite petite Polonaise, tout comme son père : blonde, les yeux bleus. Elle sent que des jours sombres arrivent, mais elle ne comprend pas bien pourquoi les Juifs sont si mal considérés par les Polonais. En 1939, alors qu'éclate la guerre et que l'Allemagne envahit la Pologne, Luna voit ses concitoyens juifs construire eux-mêmes, à la demande de l'Occupant, le mur qui fera du quartier juif un ghetto. Elle voit déménager plusieurs de ses voisins, emménager d'autres familles juives dans le ghetto, et la misère s'installer peu à peu. Les persécutions, la faim, la maladie et la mort sont le quotidien de ce peuple qui ne comprend pas bien pourquoi l'on se déchaîne contre lui. La mère de Luna sera emportée par la maladie, sa famille raflée, sa grand-mère déportée. Par chance, Luna a une bonne étoile : un soldat allemand qu'elle avait rencontré jadis, alors que petite fille, son père l'avait emmenée voir un concert et qu'ils avaient été saluer le violoncelliste prodige dans sa loge ; celui-là même qui l'avait entendue chanter au *Britannia*. Celui-là même qui passait sous ses fenêtres en ôtant son calot. Celui-là même qui nourrissait de secrets sentiments à son égard. Grâce à cet homme, Luna échappa de peu à plusieurs rafles et parvint, à la fin du récit, à sortir du ghetto et à survivre.

III. LES PRINCIPAUX PERSONNAGES

Luna

Elle est l'héroïne et la narratrice du roman. Âgée de onze ans au début du récit, Luna a vingt ans à la fin de la guerre, en 1945. Si elle ne comprend pas bien, au début des événements, ce qui arrive à son peuple, la raison pour laquelle les Allemands et les Polonais s'en prennent aux Juifs, Luna va très vite être confrontée à la réalité du ghetto, à la misère et la maladie qui n'épargnent personne. À la mort de sa mère, Luna seconde sa grand-mère paternelle et s'occupe des plus jeunes. Bien vite, elle se rend compte qu'un mouvement de résistance s'est organisé et que son père en fait partie. Soucieuse de se rendre utile, elle finira par intégrer quelque temps cette organisation, et des missions hors du ghetto lui seront confiées, à elle qui ressemble si peu à une Juive. Elle tentera de faire fuir ses concitoyens et de fournir des armes aux résistants. Tout au long de sa vie à Varsovie, Luna n'a qu'une passion : le chant. Voix cristalline, symbole de pureté, ses chants redonnent courage et espoir à ses proches, et l'aident à survivre. Après la guerre, « pendant des années, [elle] n' [a] plus chanté. [Sa] voix s'était asséchée, comme un ruisseau de montagne dans lequel seules les pierres témoignent du lit abandonné. Et puis un jour, un filet d'eau réapparaît », à la naissance de sa fille. (p. 246)

Le père

Imprimeur au début de la guerre, il est très vite contraint de changer d'activité et entre au Judenrat, conseil des Juifs, plus ou moins protégé par les Allemands, car ce conseil s'occupait de faire appliquer les lois de l'Occupant dans le ghetto. Le père de Luna y entra à contrecœur, mais était persuadé qu'il pourrait ainsi protéger les siens et adoucir le sort de ses concitoyens. Il fut très vite déçu, et entra dans la Résistance.

La grand-mère paternelle

Bien qu'elle ne soit pas juive, mais mariée à un Juif, la grand-mère Ewa n'échappe pas aux persécutions et à l'enfermement dans le ghetto. Elle sera également déportée, mais fera face à son destin la tête haute, persua-dée que son heure est venue, et gardant espoir pour les plus jeunes. D'un caractère très digne, elle représente dans le récit la générosité à l'état pur, puisqu'elle n'hésite pas un seul instant à porter secours aux enfants qui en ont besoin, Rosa, Olek et bien d'autres.

Rosa

Luna fit la connaissance de cette jeune fille de peu plus âgée qu'elle à l'école industrielle du Judenrat, au cours de maquillage, en septembre 1941. Rosa était, nous dit la narratrice, d'une beauté incomparable : « Rosa était belle. Malgré les privations et la maigreur, malgré les os qui saillaient aux épaules et les joues creuses, elle avait un port de tête d'une grâce absolue et des pommettes haut placées qui semblaient la faire sourire naturelle-ment. » Son rire également marqua Luna, « un rire cristallin, qui rendait un son si juste qu'il forçait à la gaieté ». (p. 79) A la mort de sa famille, fin avril 1942, Rosa est recueillie par la famille de la narratrice. Aux côtés du père, Rosa participe au mouvement de résistance. Cela n'étonna guère Luna, qui avait à maintes reprises senti chez la jeune fille ce caractère de révolte constructive. Rosa demeure un modèle, un exemple à suivre.

Hans Büchner

Luna fit sa connaissance au concert auquel son père l'avait emmenée pour ses onze ans. Hans était violoncelliste. Plus tard, elle le remarqua au *Britannia*, alors qu'elle chantait pour gagner quelques zlotys. Elle ne savait pas alors qui il était, mais ses yeux bleus ne la laissèrent pas indifférente. Plus tard, à chaque fois qu'il lui arrivait de croiser son chemin, à chaque fois qu'il intervenait pour lui éviter le pire, Luna reconnaissait son regard. Ce n'est qu'à la fin du récit qu'elle découvre sa véritable identité, et qu'elle comprend ce qui a poussé tant de fois ce jeune homme à lui venir en aide. Le soldat Hans fut son premier amour.

IV. ENTRE ROMAN ET RÉALITÉ

Si la fiction enrobe de toutes parts ce récit, il n'en reste pas moins un fidèle témoignage de ce que furent les sombres années de guerre en plein cœur du ghetto de Varsovie. L'auteur s'est directement inspiré des faits réels pour servir de cadre de vie à la narratrice et à sa famille :

- 1er septembre 1939 : Les Allemands occupent la Pologne (cf. p. 35) ;
- Fin 1939, le port de l'étoile de David est rendu obligatoire pour tous les Juifs de plus de 6 ans ; à Varsovie et dans toute la Pologne, il ne s'agissait pas de l'étoile jaune cousue sur un vêtement que tout le monde connaît, mais une étoile bleue sur un brassard blanc (cf. p. 36-37) ;
- Au début de l'année 1940, les premiers ghettos voient le jour en Pologne ; celui de Varsovie fut créé en octobre de la même année (cf. p. 40) et au milieu du mois de novembre, il fut définitivement coupé du monde extérieur. C'était pour éviter la propagation du typhus que les Allemands légitimèrent la construction du mur qui encerclait le quartier juif.
- Voici une analyse du ghetto de Varsovie publiée dans le livre « *Dites-le à vos enfants* », *Histoire de la Shoah en Europe, 1933-1945*, p. 54 :

« L'extrême population des ghettos joua un rôle décisif. Celui de Varsovie compta plus de 400 000 habitants, soit une personne pour 7,5 m2. De nombreuses familles vivaient à quinze ou plus dans la même pièce. L'hiver, il était si difficile d'obtenir de quoi se chauffer qu'on appelait le charbon ordinaire les « perles noires ». (cf. dans le roman p. 82-83) Il n'y avait presque rien à manger et la quête de nourriture représentait un combat quotidien pour les habitants du ghetto (élément à maintes reprises évoqué dans le roman). Dans celui de Varsovie, les Allemands allouaient environ 200 calories par personne et par jour. Les denrées introduites en contrebande depuis le « côté aryen » étaient donc essentielles pour survivre. Mais les gardes allemands abattaient sur-le-champ tous ceux qu'ils surprenaient à cacher de la nourriture, souvent de jeunes garçons ». Cf. dans le roman les activités du petit Arele grâce à qui le cousin Jerzy parvint un jour à apporter à la famille des citrons (p. 71-72). Arele subira le même sort que celui décrit dans « *Dites-le à vos enfants* ».

« Ces conditions de vie entraînèrent inévitablement des maladies et de graves épidémies, en particulier de typhus. Le nombre de morts « naturelles » augmenta de façon spectaculaire. En 1941, un habitant du ghetto sur dix mourut de faim ou de maladie. Il était impossible de se soigner car les médecins et infirmières juifs manquaient de médicaments, de vivres et d'installations. » C'est en partie la raison de la mort de la mère de Luna (cf. p. 58 et suivantes).

La narratrice évoque également le nombre sans cesse grandissant d'orphelins squelettiques livrés à eux-mêmes dans les rues du ghetto, ainsi que les cadavres jonchant le macadam, simplement recouverts d'une feuille de journal. Tout ceci était la triste réalité, tel que le confirment les livres d'Histoire. Revenons-en aux enfants orphelins : à deux reprises dans le roman, Luna les évoque : la fois où elle les prit en charge pour fonder une chorale dans le ghetto (p. 110-112), et la rafle des pensionnaires de la Maison de l'Orphelin, tenue par le Dr Janus Korczac (Korçak dans le roman de Paule du Bouchet). Ces deux évocations sont également réelles. La rafle des enfants eut lieu le 5 ou 6 août 1942, selon l'*Histoire de la Shoah en Europe*.

- Il serait erroné de croire que les Juifs du ghetto n'ont rien fait pour résister aux déportations massives et aux persécutions perpétrées par les Allemands. La narratrice fait le récit de deux insurrections (p. 194 et p.220), qui eurent lieu respectivement le 18 janvier et le 19 avril 1943. Le 16 mai, l'insurrection est écrasée et le ghetto de Varsovie détruit.
- Les nombreuses et régulières rafles organisées par les troupes SS (entre 6000 et 7000 personnes par jour, selon l'*Histoire de la Shoah*, réunissaient les prisonniers juifs sur l'Umschlagplatz, « [ce] mot (place des

Echanges) désignait l'endroit – dans certains ghettos, souvent une place de la ville ou un autre espace à ciel ouvert – d'où les Juifs partaient vers la mort. Dans les grands ghettos, il se situait souvent à proximité des voies ferrées. Dans les ghettos plus petits, il servait aussi d'aire de triage, où les Allemands décidaient qui devait partir pour être tué et qui était encore « utilisable » pour le travail. À Varsovie on construisit une voie spéciale raccordant l'*Umschlagplatz* à la voie ferrée principale afin de faciliter les déportations ». (cf. p. 82) Dans les premiers temps, pour décider les habitants du ghetto à se rendre sans esclandre à cette place, les nazis leur promettaient un morceau de pain. Tous les déportés étaient invariablement conduits à Treblinka, un camp de concentration et d'extermination (N.-E. de Varsovie) qui, entre juillet 1942 et août 1943, fit entre 700 000 et 900 000 victimes.

Dans la même collection en numérique

Escadrille 80

Inconnu à cette adresse

La controverse de Valladolid

Les Vilains petits canards

Une partie de campagne

Cahier d'un retour au pays natal

Dora Bruder

L'Enfant et la rivière

Moderato Cantabile

Alice au pays des merveilles

Le faucon déniché

Une vie

Chronique des Indiens Guayaki

Je voudrais que quelqu'un m'attende quelque part

La nuit de Valognes

Œdipe

Disparition Programmée

Education européenne

L'auberge rouge

L'Illiade

Le voyage de Monsieur Perrichon

Lucrèce Borgia

Paul et Virginie

Ursule Mirouët

Discours sur les fondements de l'inégalité

L'adversaire

La petite Fadette

La prochaine fois

Le blé en herbe

Le Mystère de la Chambre Jaune

Les Hauts des Hurlevent

Les perses

Mondo et autres histoires

Vingt mille lieues sous les mers

99 francs

Arria Marcella

Chante Luna

Emile, ou de l'éducation

Histoires extraordinaires

L'homme invisible

La bibliothécaire

La cicatrice

La croix des pauvres

La fille du capitaine

Le Crime de l'Orient-Express

Le Faucon malté

Le hussard sur le toit

Le Livre dont vous êtes la victime

Les cinq écus de Bretagne

No pasarán, le jeu

Quand j'avais cinq ans je m'ai tué

Si tu veux être mon amie

Tristan et Iseult

Une bouteille dans la mer de Gaza

Cent ans de solitude

Contes à l'envers

Contes et nouvelles en vers

Dalva

Jean de Florette

L'homme qui voulait être heureux

L'île mystérieuse

La Dame aux camélias

La petite sirène

La planète des singes

La Religieuse

À propos de la collection

La série FichesdeLecture.com offre des contenus éducatifs aux étudiants et aux professeurs tels que : des résumés, des analyses littéraires, des questionnaires et des commentaires sur la littérature moderne et classique. Nos documents sont prévus comme des compléments à la lecture des oeuvres originales et aide les étudiants à comprendre la littérature.

Fondé en 2001, notre site FichesdeLectures.com s'est développé très rapidement et propose désormais plus de 2500 documents directement téléchargeables en ligne, devenant ainsi le premier site d'analyses littéraires en ligne de langue française.

FichesdeLecture est partenaire du Ministère de l'Education du Luxembourg depuis 2009.

Plus d'informations sur www.fichesdelecture.com

Notes :